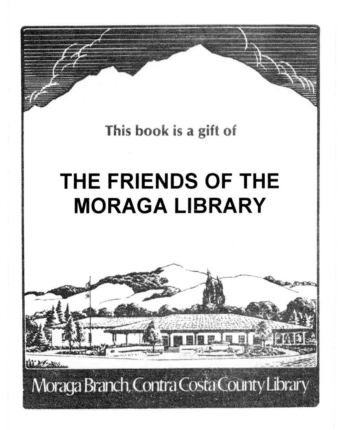

El safari de Diego

adaptado por Ligiah Villalobos
basado en el guión original de Ligiah Villalobos
ilustrado por Alex Maher

SIMON & SCHUSTER LIBROS PARA NIÑOS/NICK JR.
Nueva York Londres Toronto Sydney

Basado en la serie de televisión *Go, Diego, Go!*™ que se presenta en Nick Jr.®

SIMON & SCHUSTER LIBROS PARA NIÑOS
Publicado bajo el sello editorial de la División Infantil de Simon & Schuster
1230 Avenue of the Americas, New York, New York 10020
© 2007 por Viacom International Inc. Traducción © 2007 por Viacom International Inc. Todos los derechos reservados.
NICK JR., *Go, Diego, Go!* y todos los títulos relacionados, logotipos y personajes son marcas de Viacom International Inc.
Todos los derechos reservados, incluido el derecho a la reproducción total o parcial en cualquier formato.
SIMON & SCHUSTER LIBROS PARA NIÑOS y el colofón son marcas registradas de Simon & Schuster, Inc.
Publicado originalmente en inglés en 2007 con el título *Diego's Safari Rescue* por Simon Spotlight, bajo el sello editorial
de la División Infantil de Simon & Schuster.
Traducción de Argentina Palacios Ziegler
Fabricado en los Estados Unidos
Primera edición en lengua española, 2007
4 6 8 10 9 7 5 3
ISBN-13: 978-1-4169-5998-4
ISBN-10: 1-4169-5998-X
0111 LAK

Hello! Soy Diego. Soy rescatador de animales. Ésta es mi hermana Alicia, y éste es Baby Jaguar. ¡Estamos de visita en el Serengueti, en África, para ayudar a nuestro amigo Juma a rescatar a los elefantes!

Juma dice que hace mucho tiempo en el Serengueti, en África, había muchísimos elefantes. ¿Ves a todos los elefantes? *Yes!* Ahí están. Todos los animales querían a los elefantes—excepto un mosquito que se encontró una varita mágica y, con ella, se convirtió en hechicera.

A la hechicera no le gustaban los elefantes, así que usó su varita mágica para convertirlos en rocas gigantes.

Juma dice que existe un tambor mágico que puede romper el encantamiento de la hechicera. Está escondido en una cueva en la cima de la Montaña Más Alta. ¿Ves la Montaña Más Alta? *Yes!* Ésa es la Montaña Más Alta. Y ahí está la cueva.

Vamos a necesitar algo que nos pueda llevar a la cima de esa montaña. Rescue Pack se puede transformar en cualquier cosa que necesitemos. Para activar a Rescue Pack, di *"Activate!"*

Rescue Pack se puede transformar en cualquier cosa que necesitemos: un bote, unos patines o un globo aerostático. ¿Qué nos puede llevar hasta la misma cima de la Montaña Más Alta? *Yes!* ¡Un globo aerostático!

Rescue Pack se transformó en globo aerostático. *Well done*, Rescue Pack! ¡Ahora podemos ir en busca del tambor mágico! ¡Vámonos!

Llegamos a la cueva. ¡Mira! ¡Ahí hay una elefanta! Se llama Erin. Dice que vino a la cueva para esconderse de la hechicera y proteger el tambor mágico. ¿Ves el tambor mágico? *Yes!* ¡Ahí está!

¡Ahora que hemos encontrado el tambor mágico podemos ir al rescate de los elefantes que se convirtieron en rocas! Nuestra cámara especial, Click, nos va a ayudar a descubrir dónde se encuentran. Di "¡Click!"

Click dice que tendremos que pasar por el Bosque Seco, cruzar el Lago y así llegaremos a las Rocas Gigantes para romper el maleficio y rescatar a los elefantes. ¡Al rescate! *To the rescue!*

Llegamos al Bosque Seco, pero los árboles bloquean el camino. ¡La elefanta Erin dice que ella puede quitar los árboles con su trompa! ¡Los elefantes tienen trompas súper fuertes!

¿Le ayudas a la elefanta Erin a quitar los árboles del camino? ¡Magnífico! Haz una trompa de elefante con los brazos y ¡tira, tira, tira!

Tiraste bien de los árboles como un elefante. ¡Ahora los árboles no bloquean el camino!

¡Y mira! ¿Ves a las jirafas? Se ven raras, ¿verdad? *Yes!* La hechicera les dejó el cuello bien cortito.

Juma dice que tal vez el tambor mágico nos puede ayudar a alargarles el cuello otra vez. ¿Tocas el tambor con nosotros? *Excellent!* Pon las manos al frente y ¡toca, toca, toca!

¡Funcionó! ¡El tambor mágico les alargó el cuello
a las jirafas otra vez! Las jirafas dan las gracias.
¡Sigamos para rescatar a los elefantes!

¡Ah ah! ¡Oigo el rugido de un león! Alicia dice que los elefantes les tienen miedo a los leones. Pero los elefantes pueden ahuyentar a los leones dando grandes pisotones. Vamos a ayudar a la elefanta Erin a ahuyentar al león. ¡Da un pisotón! ¡Pisotea, pisotea, pisotea!

¡Sí! Ayudamos a la elefanta Erin a ahuyentar al león. Y llegamos al Lago. ¡El Lago es muy profundo, pero tenemos que encontrar la manera de cruzarlo!

La elefanta Erin dice que a los elefantes les encanta nadar. ¡Dice que ella nos puede llevar al otro lado! ¿Le ayudas a la elefanta Erin a cruzar el lago a nado? *Excellent!* Pon los brazos al frente y ¡nada, nada, nada!

Cruzamos el Lago. *Thank you!*

¡Mira! ¿Ves a las cebras y a los hipopótamos? ¿Parecen raros? *Yes!* La hechicera les quitó las rayas a las cebras y achicó a los hipopótamos.

Juma cree que el tambor mágico puede ayudarles. ¡Vamos a tocar el tambor mágico! ¡Pon los brazos al frente y toca, toca, toca!

¡El tambor mágico funcionó! ¡Las cebras han recuperado sus rayas y los hipopótamos son grandes otra vez! Continuemos nuestro camino para romper el encantamiento y salvar a los elefantes.

Llegamos a las rocas. ¡Ésos son los elefantes que tenemos que salvar!

¡Ay, no! ¡Es la hechicera! ¡Convirtió a la elefanta Erin en roca!

¡Tenemos que usar el tambor mágico para descongelar a todos los elefantes! ¡Toca el tambor con nosotros! ¡Pon las manos al frente y toca, toca, toca!

¡Viva! ¡Convertimos las rocas en elefantes otra vez!

Vamos a usar a Rescue Rope para enlazar
la varita mágica y quitársela a la hechicera.
¡Magnífico!

La hechicera se convirtió en mosquito.

El mosquito dice que extrañaba ser mosquito
y nunca más va a hacer maldades. ¡Mira! ¡Se va
volando!

¡La elefanta Erin dice que está contentísima de ver a sus amigos elefantes otra vez!
¡Misión cumplida! *Rescue complete!* ¡Eres excelente rescatando animales!
See you soon! ¡Hasta luego!

¿Lo sabías?

¡Grandotes!

Los elefantes son los animales terrestres más grandes de toda África. ¡Pesan tanto como doce camionetas!

Abanicos

¡Los elefantes tienen grandes orejas aplanadas que mueven como abanicos para refrescarse!

¡A comer!

A los elefantes les gusta comer muchas cosas, como ramas de árboles, frutas y pasto. ¡Pasan casi dieciséis horas al día en busca de comida porque siempre tienen hambre!

La hora del bañ

¡Los elefantes pueden llenar su trompa de agua y después, rociarse el lomo! ¡Es una manera fácil de darse un baño rápido!

Acelerados

Los elefantes son grandotes pero no por eso son lentos. ¡Pueden correr rapidísimo!